范伯子先生全集
范曾题
四

U0114994

范伯子詩集

蘊素軒詩附

吳闓生署

香光莊嚴室校刻

范伯子詩集二十九卷附蘊素軒詩稾五卷

范伯子集

浙西徐氏校刻

癸酉六月浙西徐氏校刻

范伯子詩集總目

卷第十六

光緒二十七年辛丑里居及四月至淮安復還里作　古今體詩七十一首

卷第十七

光緒二十七年辛丑六月至二十八年壬寅六月作　古今體詩五十二首

卷第十八

光緒二十八年壬寅七月至二十九年癸卯十二月往來江寧作　古今體詩五十六首

卷第十九

光緒三十年甲辰里居病中作　古今體詩四十五首

以上十九卷都古今體詩一千一百七首

浙西徐氏校刻

范伯子詩集卷第一

通州范當世无錯

光緒四年戊寅至九年癸未僅存之作

悲憤之作

十五逢延卿十六知名字十九通書識鄉里少小無猜長無忌樂羣怨別眞歡喜疾痛呼吾親哀悲念吾子季直堂堂貌城府而我相視皆嬰兒嬰兒不相遇啼笑誰能知要爾於途告爾愼人生得罪非所期明月照窗戶夫婦連牀語焉知吾與汝所向亦已古吾欲食貧汝作苦出門一步知何處

興化見劉融齋先生還至歐家坊館次寄内弟吳肇嘉

浙西徐氏校刻

湖水連江綠扁舟載夢歸病消盃在手寒盡樹更衣樵牧各余契弟昆惟汝違松花開落處應有彩雲飛

歐家坊野望口號

郭外十里烟邨深東家晴好西家陰秧田如繡木棉長蒼然四顧來歡心邨農似頗解余樂輟耕荷鉏相向吟夕陽滿地各歸去榧子蒲桃香滿林

歐家坊答仲弟寄箋

雨後柴門秋水生歸人小艇晚烟橫何來綺思飛明月十幅蠻箋寄阿兄

題竹庵畫

望海樓頭舊酒緣眼中衲子態翩翩竹林一片虛窗月袖入西

山證畫禪

未有雄談對文暢聊將心蹟語高閑江流繞徧黃泥麓萬石崎嶔無片頑

名山無分十年留檢點征衫待遠遊大好烟巒今付汝他時猿鶴未應羞

題小塊畫

芥舟詩派蕉庵畫再世傳鐙一律明莫便縱橫談五嶽狼山小塊要知名

留別新綠軒

籃輿側放山門下我作山人盡一餐芳樹如聞啼鳥怨殘花猶戀去人看百年香火崇碑在四海烟濤一劍寒莫復殷勤爲後約還山古有萬千難

酬方子箴廉訪贈文序

昔聞邗上題襟處今過高齋得見公江左文章諸老盡淮南鐘鼓幾人同青天酒盞無弓影夕照軒窗有緒風一序深慚負滕谷江關庾信尚西東

八月十四宿芒稻河

客路憐華月推篷已滿襟鳴蟲和幽草宿鳥起疏林秋晚東風急過江淮水深懸悲老人意念此不成吟

倦遊歸里延卿來視集勿庵去楗羨齋中用聚星堂韻

他鄉一臥驚黃葉八月新霜冷如雪江流浩浩青山枯作客還家兩愁絕故人持酒款我門滿地黃花勸我折顧生徒步西方

來睨我奇情不可滅十日追歡復此齋坐臥縱橫肘相掣開窗濡墨寫新詩面面晴輝生眼纈諸公相約鬬分陰不問竹頭與木屑吁嗟一年好會多過來聚散乃一瞥城陰窮巷秋草深風雨孤懷那可說一言持慰故人歸身如萍梗心如鐵

餘東道中

范公隄上雨雲黃到海應無十里長晝市乘潮賣魚蟹秋田殺草見牛羊鹽官俸美高衙在刺史城遙百姓忘父老不憂民氣悍於今世亂失湘鄉

李草堂先生席上

鮮魚色色接芳樽小病深衣對此溫便欲狂呼儕少長可無佳詠負朝昏一從令子爲兄弟長使他鄉役夢魂安得買書千萬卷相將藜藿飽山樓

贈顧滌香

三十爲詩顧工部登壇才氣並諸昆太行南下青歸袖淮水東流綠到門愛日林亭長蘐草好風裾佩結蘭蓀人間此會眞希有珍重瑤篇異候論

送周彥升之山東戎幕

君有遠行二千里山欙海舶總艱難何曾帷幄須奇策使汝氈裘犯苦寒羞烏戶蟲生計在伏龍雛鳳歲時寬諸公相見鈴轅下莫作山中處士看

郊行

昨夜更闌聽雨愁曉行十里未開眸風來故故吹蓬鬢泥濘兢

兢惜敝裘村市故人兒女長酒家父老笑言稱先生此日眞無賴數徧車輪一萬周

延卿負約不來寄詩爲謝次韻還促之同仲弟作

五尺虛廊月到初灑然涼氣滿襟裾病妻藥物饒清味俊弟詩篇稱隱居風翩漸看新養鴿海鮮初饌遠方魚誰令吾友慳嘉會無意柴門枉寄書

江心晚泊

江北江南路總非江心一艓背人飛空波不長浮萍草夜色蒼茫何處歸

上海遇彭苐亭病還江西

去年我病江城下君行作官具裘馬今年我遊東海濱君病還

家百事捨君官我遊都可憐病榻攀望如飛仙去年今日恰周歲爾我相代心煞煎昔君至浦瀕我去今我去滬瀕君至我行兩度皆遲遲遇君寧得非天意不然朋舊各四方何必甘苦都與嘗所以爲君一揮涕仍當歡喜臨壺觴君不能飲我心惻安得與君分氣力江湖盤曲山峻高遠哉遙遙不得息握君強別無他詞養心爲上身次之人生鉅細信有命從今歧路先無悲

苐亭臨別氣弱聲微招我就枕語屬他日弗刪此詩與贈序未幾遂卒吾間以問於張濂亭先生先生曰贈序固佳即若詩所謂安得與君分氣力者正復濃縟似古語何必刪也

與同學者共祀興化劉先生於龍門書院哀感成詩

城郭三年別門牆一慟深池荷還炫日隄柳尚成陰遊從齋房滅埃塵講幄侵黯然偱諸子相對忽沾襟

親炙無多日師恩自覺偏來時先目斷歸路更心懸待對空山榻長休大海船豈知臨別語遺恨已千年

跋涉師憐我連年更未休風塵徒不肖悲憤已堪羞獨夜一回首當春那得秋嗟哉覽兹宇麟鳳去悠悠

俎豆今來意諸君興慕思師亡胡可倍道大固應歧白石猶能碻狂瀾未可知蒼茫千載事流涕向崇祠

南山

南山積雪處晦澀無枝條怪鳥羣飛來緣石爲一巢日莫不窺隴相向饑無聊小兒乘其敝奮爪掀園茅一攫不能盡零落飛鳴交顧念形與足瓌瑋殊鷦鷯彼民豈能識畜之徒供謿坐令摧翮庸不然充君庖哀哉惜儔侶一一豐肌銷

東郊道中

碧漲迴溪滿風蘆對岸斜羣魚嬉水鳥深草著秋花日午人歸犢陰濃婦浣紗愁聞積霖後戶戶有農嗟

寄仲弟歐家坊館次

昔我幽居地三年病著書復君勤苦業對此惜荒餘宿火朝窗暗新飆夜榻虛過來一相憶負飯近何如

延卿將之廣東招同諸子集於其家次何氏山林十首

望望蒲塘路維舟第二橋故人期隴晦好會接雲霄作合前時問朋遊隔日招惟應就芳草百里未嫌遙

竟與紅塵隔村居事事清秋田逢旅雁春樹息流鶯一姓多羊酒千家足豆羹門時問畊斂都吏不須行

一畝中莊宅當門老樹支放閒牛擁路爭浴鴨嬉池陰屋寒竈下深堂晚犬知主人垢衣出奇氣忽離披覆瓦千梢竹根牆四面花屋廬巢翡翠泥壁草龍蛇荷芰風長好藤蘿月正賒憐君好文彩未改野人家

今上初元日田間好事開惟時攜綠酒及爾問紅梅觽佩悤悤換巾車歲歲來中庭吾倚徧欲問向時苔

此日接懽喜壺觴擁似泉諸公詞落落十日雨綿綿寒菜兼魚味新不得酒錢不宜問歸路泥濘隔前川

簾子秋風起宵焚百和香與人同不睡先我獨驚涼積架書誰問橫腰劍可藏夢中好山水披髮弄青蒼

有美雙雙鯉經年在一池何人忽臨水對此更橫離堂上拜慈

母庭前看好兒平時暫離別聲息故相隨

每念山東友惟看海上雲幾人仍綠鬢萬里寄同文霜不垂垂下風花故故分直須連夜飲莫使百憂紛

郎欲東西去其如對榻何百年此間樂一夕好詩多陳亮故豪舉馬周猶放歌要知擲時日未算客中過

延卿將發濡滯吾家再同次工部草堂韻

去年五六月張生來上都盛言粤南帥謀國方憂虞借我二三子難可稽須臾吾父念兒子云此不足圖萬里耗大官寧歸飯爾麤爾時客江浦徑反南山隅久之張公子（前張生謂季直此則粤帥子張蔼青也）再書抵隱居雖云蹇脩意緩亟固已殊皇帝策北方有德無征誅戍兵已歸食焉用資吾徒平時貴與賤此分難可踰家食

亦無肉客食亦無魚而況骨肉美離散誠何辜彼俗雖不龔我乃吹齊竽堂堂顧君業貢之宜天衢入山豈不遂一檝乃可呼顧君發清興謂我聊嬉娛嬉娛固當爾使我生悲吁文章代所重天下傾三吳鄉邦一千載卓學承蘇湖與子十年力眾芳差不蕪巾車歲來往數見猶爲疏誠恐數君子自此分襟裾豈曰不能待學亦猶蒲盧移此問當路乃覺非所須城西舊館舍草木華村墟昔棄今頗念有志爲腐儒萬錢鬻句讀何必非壯夫告君別後意口渴心腸枯前後七百言送君無所餘

因延卿寄秦堯臣粵帥初以夷氛退招集人士列名廣募兵事解乃設局補修歷代史志表延卿堯臣皆寓食其中

肝膈煩憂不可名曉來河上泥人行數詩聊付江關去萬里如聞草木聲海內思君存畏友田間齒我愧書生秦淮一醉無相問撫景難言別後情

江水迎潮日夜東江南江北對春風一閒高躅天邊去空有名山夕照中百國盟書新就我千秋逸事更煩公重來白下知無意莫使文遊好會終

庚辰辛巳之間里中朋友之樂最勝百里之人恆聚於一而余與馬勿庵實爲之倡勿庵與余相愛既深乃至相求相怨延卿之去廣東余具舟送之過辭勿庵無一言而別既行二十餘里苦不能釋復回舟就焉懽出意外連宵達旦成詩甚多今存四首

風葉蕭蕭萬馬聲河梁送客倍心驚連宵倦眼花俱暗鎮日空

腸酒自鳴別恨乍如雲亂起人才故與月同清誰能便曉當前
意但有同舟緩緩行

當代懽然仗數公不應譏笑更興戎無多佳日春秋在可愧江
流日夜東難字相爭聊復爾奇文雖賞不爲雄正當搜索臨岐
語那有前宵夢更同

馬公昔反自王畿忽動山中草木輝纔喜交親連日長君看故
舊每年稀千遭酒散誰非別萬里書來儘說歸念此深知天意
慘宵鬬時有淚沾衣

便欲關門賦隱居殘年風雪定何如吾師弟子宜謀道今日窮
愁始讀書日夕深盃聊感此諸君但醉莫愁余人生知己無哀
怨百事縱橫皆此餘

送延卿既已歸途有作

秋草爲春色秋花亦可憐北風吹細雨落日滿前川去國條條
路連家處處田豈宜重念汝薄醉問歸船

寄內

彊懽不足用深夜更橫悲去遠書當毀傷秋命可知烏啼聞不
得蟲齧臥相欺三十輕兒女何因歎婦離

上海止於欣甫者累月航海北歸舟中有作

爲懽亦已侈祗覺別離輕便有還家樂難堪此夜行夢君小兒
女依我尚縱橫佛住無三日由來鑒此情

君終食湖汶那便不書生昔爲高才惜真看拙宦成九夷託妻
子一飯動生平涉海茫茫夜同腸百感并欣甫初補湖汶巡檢薄其官稱貸入貲爲

縣令

贈孫童子儆

倦眼風塵下熒熒見此人淸思得初理文雅故天眞白日輝如此黃華迹易陳高軒纔過汝珍重短衣身

夜坐

好雲停屋角初月上浮圖坐聽一聲雁庭空秋有無

過赤壁下

江水湯湯五千里蘇家發源我家收東坡下游我上溯恍忽遇之江中流不過此公一長嘯無人知我臨高秋公之精靈抱明月照見我心無限愁

湖北通志局聞妻喪於時方脩列女志稍整齊而後行悲哭之餘猶繙故紙停筆寫哀遂成四絕

耗至驚看吾父筆行行老淚寫哀詞如何薄命無妻日正是過門不入時四月二十二日余去家至上海附番船二十八日成行二十九日過狼山而吾婦乃歿於斯時也

一病新從九死還分明紿我去鄉關平生已種無邊恨此恨綿綿況可刪

入棺聞說彩衣鮮費盡親心總枉然十載宵晨有饑飽不曾銷我賣文錢

迢迢江漢淚滂沱秉燭脩書且奈何讀罷五千嫠婦傳可知男子負心多

舟中連句倒押五物全韻

晨曦遁滯霖遼原寤豪蔚君曼離尊祖膺泰朋簪盍孫尉悲風激

颬颬（季直）晴漪散渾汝枕聲三老讙扇剙五兩倔馴禽尾沿緣（當世）
湛鱗震談嗷披髮凌鄮瑱眯眼㭊垢坲征役阻況脩偃仰嗟以
咈（季）顧念踋腹腸寧畏走硉岪飲口棄疑餅敂膺槁想菀（曼）碣
珠養不肥弁玉悽忽鰀蹁跦肩辭鑱窸窣脛捹䫌（當世）跚跚屨屩
穿望望岠岵岉賨芘盤泣㝈痛衰杖芸芴（季）昔空吾悲防今棬
蠹貝脟眂胥崩雲鶱泫條穻樹屹盤也屭斯摯鑄平遊可不（曼）
鑄（當世原名）仲米趣煎憂歐鐔奮剸㓨疲颯支遠勞遨嬉制怒艴身
西心固東朝娛盱乃怫（當世）伏聞皇帝聖下閔泉府泛盂盤昨毛
覺鶱賈聾瞬迄（曼）詔邊謹士斷飾乘滅玉鈋雞鹿築塞牢䖘虎
屯士佗（季）懸節新窮巖規餉競理沕宛馬萬諜馳鬼刀四盤剮
隱中抗辛有茲虑浮突厥（當世）劫棋局孔午熛炭熾矧歘大車毳

浙西徐氏校刻

如蘻焱勢手可熨瀕謀劇笑當衡行噲語勿（曼）薪火熸劉熛蓬
罘眢魁崛寡喙孤莫張術道邈而詘伊和羅武刖懷仲受威祓
（季）蹇修焉可徠珍髦自加歸欽丕貌長離留夷婢荒茀覽代騷
叀紆怨賦瘳痗弗（當世）誓將買地肺那更豔天縡若龜甘行淖詎
牛一蘞戢（曼）入潁把許瓢封留棄炎瀓亮哉十年書愈彼三百
紱迹與招隱往口嗤草玄吃（季）饜粟長艙消煮雨破缸訖怪思
摹鼎劖椎險勇埋掘腦鹽楚晉搏馥餕愈郊乞（當世）晚犬投㡙呼
老烏墮陰鬱管閎半睡飴板低羣頭屈（曼）生拙僕疑語志達夢
擐拂嘲弄桃土偶歇諷紙泥佛（季）沒燭禪大月軒蓬照瑰物（當世）

諸葛忠武侯畫像連句

陳生嬉驩羅韠鐏（曼君）縑緗如雲開軒論（季直）中間規摹天人尊（當世）

峨冠脩裳微鬚髯曼長吟觀時神龍潛季南岡滋蘆民攸瞻當世無鐔干鍪旂韜旌曼風飛雲翔參炎精季攀吳連川基襄荊當世天乎亡劉侯忠殫曼侯精銷亡侯靈歎季侯容惇哉吾摧肝當世吁今穹蒼昏鈞陳曼安能英高如侯臣季躬姬膺衡權吾貞當世

哀雙鳳詩連句并序

雙鳳不知何縣人鸞爲如皋倡女曼君與許生識遂訂嫁娶許既貧不能如鴇欲往來稍稍聞而鳳終不妄接人季直鴇患苦之以憂死瀕危屬曰收我者許也吾儕固舊識聞而哀之作爲此詩當世

二月江南柳曼風條踠綠蕪枇杷門巷在季裙屐酒尊道無意逢花落當世何緣救草蘇爲君數前事曼愴我鸞噫吁碧玉家原

小季紅兒貌不殊鳳饑梧粒瘦當世蟲蝕蕙根枯絳樹雕欄出曼青螺寶鏡摹彈箏愁淚子季扶酒倚香奴兔卦金錢卜當世懽情斗帳腴纈雲方其曉曼璫月莫難剪含睇羞團扇季緘盟結繡襦郎來嬰武覺當世夢淺碧鸞扶半臂宵寧冷曼雙飛願忽孤繒綈窮贖蔡季玳瑁獨棲盧豈悔偷靈藥當世終難並鄂樹隔簾牛女怨曼遞筒角張迂強笑成歌舞季華妝泫粉朱縱搖雕玉佩當世未剖黑心符窓枕惟遺植曼蘇臺誓託吳露蓮秋後苦季霜菊影邊臞一病秦醫拙當世千行楚淚俱名駒猶惜骨曼靈烏竟辭簽宛轉卷葹拔季淒涼杜宇呼命殘留鈿台當世肌煖待襛褕誰道城南艷曼能從陌上夫百金豪客帽季九鼎美人軀往者曾平視當世今來失彼姝夫容慳晚墮曼蘅芷際春徂錦瑟鴛絃

盡季子香泥燕壘無欲銘羅韈冢當世更涕博山鑪滄海填精衛曼

窮陰種橐吾天涯感淪落季回首共踟躕當世

范伯子詩集卷第一

浙西徐氏校刻

范伯子詩集卷第二

通州范當世无錯

光緒十一年乙酉三月初至冀州至七月南歸作

嶧山夜吟

淩晨發銅山偃蹇四體輕升車抱頭臥軋軋摧輪驚微吟遣白日倦眼無由醒昏昏涉百里日夕驂騑停僻路稀人煙店小無檐楹土房二三尺河水盃中盈倚牆發半被但睡無所營忽聞呢喃語在我頭上鳴舉頭見雙燕急淚當時傾忽忽三年間未嘗聞此聲何因卻遘此待我哀平生金牕繡戶不足擇耦寄蒿下如蓬瀛人生結髮有真意棲茅飲水何其榮不然遠道阻征役相思萬苦皆屬情而我作客客何夢夢見故山楓樹塋雨淋雪壓塋不掃風欺露侵客不寧積此兩遂恨欲訴俱無靈萬一猶能化精魄飄飄羽翼翱滄溟而我未曾告所適奮飛安得魂來并南方有寡婦白燕巢其楹孀雌號故雄哀哀不忍聽山雞翟雉不敢勸青燈白髮來相縈北方有老鰥雉飛當前橫相看勇氣滿太息搖其精少年自謂國風好惡聞此操心彌貞君不見北川之水天上月處處流光相對明黃河一沈沙萬古長冥冥

階下草

寧為階下草莫作樹頭花腐草不飄零花飛離故家

河間小妓雅喜談論聞其狀甚悲感於太白糟糠養賢才珠玉買歌笑二語惻然反之書扇以贈

浙西徐氏校刻

已矣弗復問昔人無此哀糟糠養歌笑珠玉買賢才鴉鳳各饑瘦馬牛呼可來滕公井田處回首重悠哉

故城寄示同里諸子

吳歌楚舞積年陳趙至齊來逐日新昨日停車鄒魯地不曾窺見酒爐人

大淮以北氣蕭條泰岱之間復寂寥見說瀟湘亦枯竭江流齊赴海門潮

閱抄知湖廣疆吏以吳禮園管榷事上聞寄贈以詩

聖者盜不已智人安可欺所操非豚蹄所攫非一雞而我坐歎息虛名空爾爲天子臨軒霽顏色妻兒閉戶啼寒饑

入冀州境就野人聞吳公斷獄事喜而有作

千里投林鳥翩摧嚶嚶遶樹更徘徊寧知舞蹈銜恩者纔被君侯一怒來

送無錫張君還泰安五首忘其四

海上晴嵐疊氣封爰居避地正怱怱泰山絕頂無陰雨便與仙人住一峰

余爲山海一篇略著余所見捕魚狀耳王晉卿以爲不典乃博稽載籍擬山谷演雅示余余乃更肆其不經之談和之得四十四韻

鰕生製爲測海文晉卿陋之夸以詩鏗經發圖享靈怪青紅滿紙聲瀰瀰天下贔屭盡何有舊公幻化文人嬉千輝萬照在天上飾爲酒斗揚爲箕又道一星一瀛海問君彼海潛者誰鰕生

細鱗泳海角芝蔴眼孔真可嗤夜深竊聽老漁話駭耳驚心摧
四肢哀哉吾族蠢爲腊奔告白蝦與蟛蜞蝦故善跳蜞善走追
潮逐浪能委蛇笑言先生勿過悴大海安得無孑遺合掌昂頭
海和尚船人見之爲一炊百年老蚌與人戲臥起啼笑如嬰兒
被髮娟娟白如雪不知爲妃爲孤嫠見者求之不可得放船駭
立心神癡一宵西來百匹馬挾抱文書三面馳方知吾族萬萬
國國數百里里有歧一歧所產百斯類屑碎纖靡爲世貴又聞
西方產黍稷雜用花果蒸爲醢豬牛味濁鴨雞瘦紛來吾國求
膏脂吾族大長亦不吝使吾邊族相餽貽江頭小神正鄰我詔
我化族驅爲鰣先生固哉好自論徵彼百老皆小知鯫聞駭然
不敢信秉贄去問千年龜安知潛宮不易到兼旬直下方見之

水力壓背九鼎重此水萬丈安能支龜聞叱問爾何者今我背
上纔蒙皮魚龍子孫伺我息擾如細虱多生髮任氏兒子善戲
謔捫吾左脅擒一鰭懷藏吾血不行絡此屬撓撓長苦饑此時
鯫生失魂魄那能重述么麽詞但言公有泰山固願匿公脊無
顛危龜聞色慘吁不已嗟爾錮疾當難醫瞬此陰陽一開闔大
無止境憂無時周迴此海奚有底乃是一物橫八陲此物無名
亦無字以混沌名窮奇東潮西落日呼吸一吸一起方躞跜
此物日升海日淺而我當之猶豪釐暫時蜉蝣在其背萬一轉
側斯爲糜夜夜流星落空闊但有杯水傾諸池我將與我去其
介四足去一權爲踦一朝化爲三足烏飛入太陽當可羇生不
事此勿相恩鯫生聽罷翻狐疑更有蓬心借一語聖人羣籍無

公詞咄哉聖人天公各造意不得千齡萬代長相咨

晉卿注墨子屬余評校麤校一過歸之以詩

騶衍何堂堂與人談九州彼亦持方枘圓鑿何能投諸家頓羅網深處無人鉤悠悠四千載此子出一頭飛蛇騰上屋鐵腳沙中蝉豈能道羊角勝於童首蚪二足既插地大老施鞭縉猖狂亦不貴庶哉騏驥流江河蹈空闊驀澗超凡溝所以齷齪語孟荀兩不收真氣浩如水不得同浮漚墨子刳脫爛泥土不足抔上不爲曾參下亦當黔婁茲道亦已擯何須君力摎與君不胡越百歲期同舟兼旬惜我別萬言致綢繆爲君覆此箸以當瓊琚酬

評晉卿駢文

好女機頭錦行行有雙意好風吹素琴君子寫其志今樂何噭嘈古樂亦宜睡鳳皇飛不來今古皆虛器

余與晉卿往來數月既盡讀其詩歌駢文墨子之屬最後又得讀其古文益服其無所不能攜至保定視吾師吾師歎嗟焉七月余將南還晉卿別以詩和之得卅四韻

北方舊聞天下雄涉河一覽嗟哉空平歷萬村草樹寡水居不釣山無萓我行千里到此息狂言誕語陵諸公吳公授我秀才藝云此屬者邦之蒙觀吾井者樂吾樂對此不得方南東我誠斯言踞坐視初睨忽眩驚我瞳即換心腸測孳腑千靈百怪爭鴻濛顧謂吳公曷嬉我公笑謂我非我功保陽魁人曰王氏酣經饌籍光熊熊要遮出刃擬其腹乞膏溉此荒田中彼號願承

一手烈能闢造化開神工君今所詑固可偉三年以昔皆常僮顧謂在階速具酒卽看二子尊前融維時浴佛後一日吳公席上來悤悤明朝就語信都院爲莊爲詭十九同示以卷詩最初詠雕愁刻鬼如頳翁琢成小文出幽怪蘭根僻夜鳴何蟲我聞經師日在矩十步以外非所攻咄哉章縫雜奇服顧此裸壤憂心沖險人如雷那可測震出平地千家聾高雲沸沸盡龍氣偉蜃對噓天不露蜃噴其樓閉海市夜走海底龍王宮老龍但言我無術汝弗幻者焉得窮此間神物或如蚓此物受戒新出籠五千大藏用故少吾族得之經綸豐汝惟海產夜郎腹乃今但可潛其蹤嗚呼王君我與汝今此鬭角猶雌風尹邢娟娟女兒相我亦悔過私捫胸大道榛蕪要徒衆聖人孤獨賢人叢長離

一飛幾千載孔雀翼翼睎蒼穹泰山東面障東海太行擁背排雲峰黃河如溝不足悼南箕北斗夜夜通會當與君戲原野暫別幾日胡殷衷將酒酌君問君意吾欲千年於此終

保陽道中遇黃仲弢於逆旅方知其奉命典試四川悤悤不能多談贈以濂亭文集口占二詩以道其所欲言者

意外逢君駐使車三年顏色若爲臞尊親勞苦能加飯含弟憂傷待廢書首夏沛中余北向先春淮上彼南圖飄零一聚師門下南北相望更二吳

君撫斯文訊武昌冀州旗鼓亦相當眼中意態今無右天下人才詎可量叔度此行眞不易相如幾輩或相望吾家門外江朝海爲我探源記數行

三十二歲自壽

顏子當我時，怡然順化理貫生在我時悲天哭不已顏子固宜笑哭者亦自喜而我於此時飲食孩稚耳假爲失呼吸千載寧有已而我亦不病不病爾將俚勖哉勞脊肝弗怖落其齒夭壽衆人命爾當屈一指兩歲課一熟雙日行百里天下憂傷人爾福亦已侈爾無一行足感悽又何以戒哉令譽乘驢來譽來汲汲思二子

贈別埶父先生

落寞含眞氣孤飄得所依聞君我師外在昔故人稀逐日羣蚩散空房百卷雖讀書眞到骨爲吏盡忘機慚愧無官累蹉跎立已非敗根隨手掘高路蕩睛睎斥鷃知何笑貧蟲不畏譏蠶絲

向蠶吐雉翮繞鸞飛官廨濃菁發荒城大麥肥兼旬留腹疾五尺尙腰圍世路宜兹老親庭惜爾違歡中成小別愁裏送將歸令弟終能愈賢兄不用祈當秋要珍攝陪夜愼寒饑十月驪能假重來儻可幾平生輕祖道何事欲沾衣

和駒兒詩呈埶父先生昆季

面垢髮鬖鬖層枯墨正濃斯兒能造句諸老弗愁庸早綠宜栽韭晚青須種松君侯不王謝何所得優龍

留別諸生

北極星辰下分光照讀書兩餐兼黍稷六月長夫渠會合於兹盛平生爲爾攄龍門同首地長恨往年虛

大塊微塵積團沙手自搓水花求露少山樹出雲多寸步皆由

命摹經徧可歌願言珍此別拭目望委乇

留水橋

留水橋邊水高船未得行掀篷與天接徹壁使波平故楊紛淩亂深艙且縱橫暫須遲日下更與逆風丁夕承愁空露陰多怖遠遷艱難兩程隔寒燠一時輕莫使悲秋氣惟應看月明四圍同一白孤抱得雙清草樹無多影蟲魚有幾聲走歸非就逸歌罷不逢驚未必論金石眞當憶弟兄首陽奚不好北海亦能并醉淺顏滋厚狂深骨未砭俊遊徒病足高戾況摧翎坐隔親堂夢終虛故里情鐙華定無數蕭瑟望青冥

前詩旣成復自譏一首

船頭酣睡人熱汗漬涼露船腹包我身蒙頭結麤布山谷亦有

言寄夢日星處胡今喜垢幽空闊不得住有志睎野人無志化紈袴而況江湖間風波沒調護

日本武藤百智以詩問余於天津余爲言其國人岡千仞使往見之乞一言爲先遂贈二詩

鬱鬱龍堂接層樓當時貨殖比諸侯如何馬足風塵際尚有蟲吟草木秋眉眼知爲同命惜文章須使盛年愁篋中他日詩千首過我江南扶海洲

昔聞海上岡千仞邈若神山不可望誰識英英大邦傑擠簦來上我師堂超閏合是盧行者樸學猶爲卜子商念爾師資能近取千秋名業定無疆

范伯子詩集卷第二

范伯子詩集卷第三

通州范當世无錯

光緒十一年乙酉十月再至冀州至十二年丙戌十月南歸作

過江有寄

去後朝朝有所望過江纔覺別離長夢君不及魂飛苦怨我强如意感傷大海回波終其命朔風吹雪已盈腸早知澹泊生煩惱何苦當時不忍狂

蘭山驛中王弢甫示以綠楊春影圖且告之緣起爲題八絕

野館風多擁被寒月光如水不能看與君更覓揚州夢知在平山第幾巒

天壤王郎富貴遲綠楊依舊鬢如絲寧知絕代佳人夢成就當年幼婦詞

金堂銅雀屬何人昏妁參媒況未眞只有東風沈醉裏名花一照可憐身

卽看畫裏意婆娑比恨量情孰與多不見春痕寫春影故應好夢未成魔

我將頑豔證枯禪自覺閑愁散若烟終是畏人辛苦語碧雲黃葉況悽然

不信操觚好事家紛紛奇遇竟非夸人間賤我如泥土豔我還如一品花

誰爲銀漢與紅牆只是良宵燈燭光此意惟應向君說安能寸寸示人腸

纏綿解脫總無聊驛路星霜更寂寥何與梅花買山隱不將楊柳怨飄摇

過泰山下

生長海門狎江水腹中泰岱亦崢嶸空餘攬轡雄心在復此當前黛色橫蜒蜿凝龍懷寶睡蹣跚病馬蹭砂行嗟余郎逝天高處開闔雲雷儼未驚

平原道中

東海年年苦旱乾經過水草亦艱難饑人不向空田立客路真當出塞看白日驂騑齊稅駕黃沙餅餌一登盤書生豈有先憂志感此方能日飽餐

題大橋影子 選於百美圖而得其似者寫懸於齋無可奈何之事也於時摯父先生實始爲之媒是以又有大橋遺照詩之作

齋閤焚香對畫裙神魂相接若爲羣烟霄鸞鶴渾無似莫向人間索虎賁

大橋遺照詩 并序

此所謂大橋乃吾所居通州城郭之東偏十五里許有所謂新地者有水橋一區類如斯圖而亡妻實產於是其父母因以橋名之橋之歿而余不獲訣念欲圖其貌而無從爲畫工言也文君右泉遊楚不得意吾攜以歸而右泉善畫吾因與之櫂舟至新地觀於亡妻之故居

而屬爲之圖斯橋幷圖其地以謂此所以存我亡妻云爾嗚呼地則恆是耳橋亦不可以百年而此之嘗如菅煙霧於紙上者果何物也哉而我又能長玩乎此哉系以詩曰

若人一徂逝楊柳三枯榮榮枯劫未已何如人去不復生君魂匿吾心君貌懸吾睛若爲相對復愁苦達者胡爲不自寧大橋莽烟水從此無君形亦欲出君魂持之當風颸柔脆復幾何淩暴吁可傷待吾精力消磨盡及爾同歸何有鄉

夜憶故鄉諸子不能成寐熹晨卽起攬物增懷

飛沙城郭無多樹一樹窗邊孰爲栽好鳥便從空外至奇花爭向地中來卽看露上盆禾末且喜荷根出水纔今日故山長寂寞陂蘭多恐不能胎

六君子篇

結交少年場結交何淒涼乃知分吾友晚得殊未央吳公一推薦飄忽來成行甫也岸然摯白也疏而長相如還自喜馬遷若有亡哀哀揚子雲鬢上千年霜安知苦辛業至今慘不光座中後來者拜倒韓侍郎此人孟氏徒配公在師旁杜公忽然歎丈人何必傷若論在草棻等耳誰能強我曹挾勢力名與風塵揚毋唔騰百口折骨拉心腸未若醫甌上猶能不受創小子聞此語笑翻手中觴如公說人代十夫九九僋百歲甘零落萬年亦邈荒荒落竟何味嗜之如甘香史公傳貨殖大語眞堂堂夫子不遇賜周流早絕糧楊公一侯芭何怪無騰驤貴又不敵富努

力求奇方九州萬都會處處鳴笙簧美女苦不足載妓行求倡如此猛行樂能無憾死喪何爲不自惜促促如寒螿二馬楊杜韓不語徒我望而自顧謂我小子無狷狂夫子疾沒世沒世卽有常努力著書去何愁死不朽

三君子篇 有序

余爲六君子篇示諸生孟生知余篇終所云亦詭詞乃執楊雄傳來問曰雄澹泊如此然則其爲文章亦自適而已而班固推雄之意以爲欲求文章成名於後世雄豈猶不忍於後世之名乎余折之曰此不可以如斯頓悟也夫子曰弗乎弗乎君子疾沒世而名不稱焉吾道不行矣吾何以自見於後世哉夫子豈猶不忍於後世

之名而云此者乃其所以發憤著書之由且維持萬世之天下俾不入於二氏之教者亦卽在此矣人之以文章自適而從容樂道一無所爲而爲之者豈其新學而遂能然耶高明之人不難於倦世至於捐其所謂富貴利達者以就於茲事而非若有千聖百王之揖讓於前千齡萬代之人之承望於後則又孰肯老死於此而不悔者哉故自孟子而來至於今凡不愧爲聖哲之書者其後大師皆不能自已而其始也亦莫不欣動於夫子之言此其所以爲萬世師也吾懼孟生之味道未深而頗已輕世流弊滋大復作詩令誦之因篇末數語命曰三君子篇

老氏結巨網釋迦懸利鉤紛紛下八海垂餌嘗亂流以彼溷中
趣兼之性命浮何患英雄人不來流上頭流頭大魚上形瑰果
如牛變化直飛去二老胡不收乃知青雲上招手有孔丘借問
孔夫子何術招此儔彼無異端在一語教人愁氣盡即無我長
生言不讐輪回不可得寂滅終恥羞葢棺萬物盡惟獨斯文留
沈雄乃不死精力斯當勠此道一深入機來難自由胸中沃至
味玉瓚盛黃流貪瞋怨慟怖一一皆謬悠乃知師恩重聳我出
我幽與我一世間福祿諸天侔假非玉書聖不恐寧肇修萬年
弗可揭一揭乾坤休老聃樹桃李獨秀惟莊周此人澹無欲求
可泥塗龜一朝臧蹴鵬欲作逍遙遊公然脫彼網吾學同喜憂
靈均亦在楚孟子還居鄒嘗曰三君子朝朝閱九州

龍虎篇贈摯父先生

撓撓龍虎爭萬年域此海空文在空中知有幾何在孔聖已囊
括諸公復君宰所得非孔疆一君各萬載後來開創稀臣多吏
更猥空中還自生蕭散無人來吾見殊爛然生人目無彩生人
徒目茫其實亦磈磥班馬點竄之一一堪鼎鼐精靈吁草間瞻
昧獨何皋萬行耳此名前知則已怠那況洪鑪機兩儀坐相待
一朝風火微色曜盡衰改山川本無能諸神日就餒眞麟獮不
回蛟龍變凝儓滿地狐鼠鳴仁者聞之悔嗟嗟夫子心虛明復
悌愷方且博我文矜狂策其駘寧肯九仞山蒼然不復窾大哉
欲無言百倍我嚎噫小子升堂來萬事棄如啻念此非世貴操
刀試求體勝固無所殘敗亦不爲醢何況夫子豪遷雄舉而追

九天星辰敷九州萬花蕾磬翩未可翱彈聲不成咪安得和聲琴一對南風颻

摯父先生出行野四日不歸極望成詩

先生與奴食同品腐魚酸菜腹中裹與我讀書同苦甘朝吟夕咀三倍我前日驚呼走出城田間蝗子大如蠃蟁鬭自古循良心只爲此官食者夥妻兒弟姪十口家萬口從君索餅餜萬口不飽君無財數十之家不舉火君亦一口張我亦一口哆我食何嘗似君艱我亦一家待君安玉階仙露三千年一樹瓊華長婀娜中有綵鸞非帝驂朱戶沈沈下青瑣君歸休但安坐此邦亦不謂君惰我與君亦暫不餓氣化終留蟊賊心聖人豈免昆蟲禍面顏昔枯還未腴何苦風塵日摧挫

浙西徐氏校刻

酬冀州判張君

王孫蕩百產不肯市翁仲猥云祟惜之物色那可動張君老明經猶食監州俸闔門自讀書瀟灑不聽訟且喜吳公來三分百姓供餘膏澤胥吏兼足買書用去年三缺令以公實其空奧竈忽易位當時媚者衆胡爲食烟火歸來氣猶洞客裏逢端陽勞公忽贈送茶根飛鹽花肥棗滿青椶朘之兩三品清德徧可頌我無報投物作詩爲公誦食飽詩亦酣陶然羲皇夢

張君得詩屬書於扇而索觀他作再答一首

我作詩歌聊自謳縱有閑官不肯投張君覥深一微答愛之欲與此扇留百年已作秋風客一語溫存不自由可惜著書人取去暫時無物應公求

二鳥歎在番船作

二鳥翻飛馳我船離船一尺走避烟俯看掠浪背船去忽復驚雲在我前我憑欄檻至日莫與逐高下心茫然茫洋黑水絶歸路東徑萬里西幾千待向江南覓洲渚恐其羽翮彫殘天哀哉齷齪在塵際紛紛屋底圖飽眠那無空闊若此鳥更用憂渠不自憐空江蝴蝶悲來句依傍人間又十年丹鳳碧梧在何許蟻子蛉蝣草上緣方壺員嶠今知妄吾讀此鳥求神仙亦是神魚出波戲世間鳥雀胡能然

大橋墓下

草草征夫往月歸今來墓下一沾衣百年土穴何須共三載秋墳且汝邊樹木有生還自長草根無淚不能肥泱泱河水東城暮佇與何人守落暉

范伯子詩集卷第三

范伯子詩集卷第四

通州范當世无錯

光緒十三年丁亥四月三至冀州至十四年戊子七月南歸作

月蝕辭

彼月黯然蝕日君歎無聊日光炎炎弗借外朗以晝夜求其曹選於衆星擇大者全付光耀同遊遨周窺下人肰布地無昏昭雲程莫得辨貼天無卑高古來大小齊同者莫過泰山與秋毫斯日寵斯月自古無人謝蝦蟇爾何物吐吞以爲豪常行不爾敀揜襲無所逃明明兩曜在一夕不相遭八極茫茫被流水東西悵望空煩勞純陽至精一獨賞明珠皎玉供淫饕月中有仙桂䰟死枝相繚人間伐鐘鼓仰救徒喧嘈長行無人亦疲照惟日不釋難可弢安得脩成不磨體永著日下無訾謷

飄風歎

雲從海上來徧地皆可雨飄風逆擊之何必在茲宇百姓三五羣要遮入官府官長馳詣壇百姓振金鼓百姓鼓聲苦官長拜益俯斯時望見雲官翔百姓舞飄風爾何來衝天散其伍莫怪推雲車不復相撐拄斯須變化間眞龍豈不武百里自有風天亦不爲主嗟爾風在茲土過雨揚麥禾厥功亦可詡云何惡其膏洶洶爲魃蠱遲日濟蕩間高雲作媢嫵妒好便揚沙生滅何足數介此豐凶交焉忍更爲虎倀作生民資洶洶禦私侮嗟爾風百姓怒百姓朝朝望雲護雲興蔽日不可覩不蔽焉能作嘉

浙西徐氏校刻

濤風動雲開日當午炎炎孤照誰爲輔更畏炎曦不由柰欲乘風涼快當戸嗟爾風百姓爭

吾所植荷既開盡而風雨頻至坐見其萎謝慰別以詩

荷今折風雨落落夫何歎見汝淸明日孤根后土安何由觸冥性心氣忽奔瀾橫遊不得遂直上多其端冥冥一尺土春若鑽天難迎風變青翠向日成朱丹開落一不吝窅竮搏搏懸知此盆內百孔能相貫房房偏已實根本又可餐有生百蟲附來去無相干吾衷獨含愧給水徒未乾滋滲任奴婢隔望成朝歡瀟湘洞庭上彌路花漫漫傳聞有司命乃是神仙官五更得月際大士乘飛鸞停雲拂素袖灑露當花冠嗟茲一華植豈有高靈肴哀哀楚騷子抱石沈急湍奇軀不得腐化作荷根蟠傳爲萬萬本七竅心猶完人間習不識此是荷之端君看本末在豈肯爲椒蘭埋藏弗復道摧落終心酸

中秋登冀州西城獨吟

三年局府舍一夕登城望俯視圜城若圓沿明月正在城中央世間蒼莽亦何極我即私之爲有旁城西近官舍吏屋稍成行依稀各家院了無丹粉牆正東有廬在空闊趙王故殿開元場南東深黑不可見脚下園田亦已荒吾欲聊觀景恨無燈火光高明在天作何用更照沙土能輝煌南過百城墚照眼得方塘兩月自相弄忽覺白地金銀鑲無人賞佳節細水波洋洋城根偏栽柳或比遊人長愁驚鳥雀睡咳唾不敢揚吾賢來牧七八載會見此物干霄蒼傳聞漢季此城大後更多代成荒涼朝廷

不憂吏不覩駿足未嘗來此驥乃使迂儒長風俗或成笑故流
饑羈嗟哉但如此所學奚必償吾身饑寒緊相託方夜惸惸愁
雪霜

戲爲舍人兒題百蟹圖

冀州水淺魚蟹稀官庖索之民不祈筐籃品類不能識況可豪
端爭是非舍人兒子善戲謔要我文字生光輝城郭書生亦不
惡圖爲百蟹能芳菲惜哉未能剛以肥螯邊紙上無橫威不相
蹂亂撐鉤鐵蒲根荇腳猶可睎細角纖毛不可識安知古人筆
畫眾紛紛耤耤窮單微江南十月水濤厲百介翻騰殺剛氣此
物乘潮戰網羅飛魚悍鼈讙相沸有眾瑰體如車輪亦有長身
泛如犢陰山寒洞秋沈沈有伏如龜足如[illegible]嗟吾對蟹思橫飛
但見霜露新澂澂安得古之善畫者與君搆此玄黃機

書與仲弟以答來恉而言近事拉雜不休遂得六十韻

吾弟書由鄂中遞吾正思之一揮涕感激平生未見人肯爲人
兄養其弟紙上斑斑吾弟痕今吾拭之字如洗弟謂李公徹骨
賢能教賓客病去體室廬庖具多私恩孳子英英並高契昔我
修書在府旁已聞說公似嘉醴筋骨放散譽衣冠未將此身替
庭際早知吾弟公能憐百拜輸公豈違禮吾宗歷世多賤貧文
組英華若深閉十畝彫零作墓田百年慘澹無生計父祖脣焦
不具餐母妻手裂難供祭豈謂輕將骨肉拋遂有金銀發沈殢
昔日秦家散客歸如縱虎貔入林噬方今帝業萬倍秦亦有諸
夷並稱帝豈不懸金爭買才嗟我與君非代厲假使盤旋江海

交徒對洪流自饑𡚒嗟爾後生纔兩年僮遊那知問其世九世
高文沒草萊輝輝餓節天閒誓病樹枝緜半死生根聲士熱還
知歲昔我曾王父幼孤高妣胥君淑以慧弟兄適戴爲高門贈
之衣裘弗加幣亦有短衣持與孤敎兒愼言母手製高妣令孤
往謝姨便著此衣拜姨恚謂我煢煢寡婦身他人寸縷焉能縶
此時北風吹做幃薄炊米汁看兒啜夜雪沈沈火不明孤兒讀
書不可鋭高妣欣然發簣琴吾令一奏兒寒露他日吾兒不悔
窮乃肯敎兒學此藝嗟爾何曾在祖旁聽聞舊德聲於桂宗羅
陶翟三世譽各誦所生不能繼何況區區我與君敏心捫夜將
何媿中人一家養一身起坐眠興叱奴隸艮恐他時人儉難家
人四十方如贅此自皇天育物慈故令賢宰相維係閭巷迂儒

不可量焉能偏有私恩逮勉爾懷忠府主前當爾車裘致甘脆
莫更身登黃鶴樓哀吟漢江歎濡滯軾轍當時怨謫居或恥臨
江監酒稅柳州潮州並專城視爲戮辱相哀悒人生願欲眞無
窮彼自爲官猶侘傺蛟龍掉尾捎大湖鵬摶滄溟怒且擠偃鼠
懨懨伺在旁偷沾餘瀝驩然逝冥命分才各自知吁嗟爾我眞
微細爾聽人言爲我愁敎我刓方卻睥睨此語流傳亦有因翻
翻轉變斯成譽南方謂我三禮精北方傳我狎淸麗我取兩言
徵訟之北語何傷南語戾離家去井謀稻粱恨已虛華促根柢
更若違親長盜聲茫茫江水吾何濟擊父爲人爾自知平生嶢
嶢不可說爾我事賢宜戰兢未來得失休猜謎吾恨初心不自
持含愁更作他人壻夫子憐我非登徒強爲導言索珍髢一昔

郵中得父書秋門五月新喪儷此子完完特過兄周流相覽誰當妻乃知一婦關一家莫更青天著陰翳二人衰病邀冬春炎日車船更未憩吾限重洋不得歸涕零南望嗟誰替冀爾身強不畏濤秋風一鼓東歸枻

與吳鎧魏兆麟飲酒看水仙兼示諸生

雪滯陰檐下塵飛小院門水仙聊自濯火力更相温所學惟知苦逢君一洗樽酒邊看一笑花色若爲幡供養寒山石深涯淺水盆妍枝猶帶蒼苔祇僅如黏那便知潮意何因釋土痕我聞來海島君與問仙源一昔榮多夢羣葩忽滿屯呈身因作主略地忝爲園強半猶能記當時盡可捫告君應不喻嗟我又何言色抱渾無著浮生別有根牢持燈火意耿耿未銷魂

喜雪詞

北方天地寒飛雪亦可喜乃知冰雪非不仁綿綿膏澤如春水春水泱泱寒水稀谿河凍盡海不飛天風廓蕩弄威武乾沙罩地陽光微微陽釋土澤不長春苗長苗蟄此屬蠕蠕爭發萌此時蛟龍不盈尺天公欲雨嗟無貲仙人變幻瓊瑤姿空藉寒山白雲氣吹飛折墮生稜威淒涼下究百蟲死偃壓陂陁萬景非大哉生物意徧睞有膏屯不見雪泥融浹處根牆細草已如烟

感春三首

退之巖巖作餘事有春不賞悲春氣杜甫遭春必賞春句間定作傷心人我與春情亦何濟臥病頹然一無感不有當門數樹花春光來去焉知覽桃正花時已半偪梨花皎白精神強花枝

盡吐棄不吐哀哉幾日俱淪喪民生各有眼前樂驩然一覩輕侯王吾雖賤士骨不醜攬鏡自照殊堂堂割居天地弗盈畝撫有嘉木非成行對此驩娛竟摧死能無激烈動肝腸

天風瀇瀇王母居東方豎子吹笙竽河水洋洋河伯驅西門令尹長嗟吁空愁妄歎吾何有渺渺仙槎弗可圖平生至精所牢結但覺朋友同肌膚張籍彫零馬周死新悲舊恨紛來紆當時二公弗徒愛鍼砭苦語無時無君歸黃土亦何恨留我風塵願恐盧細想微軀有何戀故人臨沒還踟躕蟲書蟻篆無人見羊角扶搖又可圖

大弟郵詩漢江口小弟書詞怨兄走驩然白下秋情來爭論歸期畏我後爾曹弗似當年欣故交淪落傷我心獨可囊金買歌

棹浮載兄弟同哀吟哀吟可樂不可多八月金盡當如何九月還家典裘服十月離散歸江河平生要汝文字好到今已悔嗟蹉跎翩翩二子穠華質删削剝落成枯柯方知蓄意與春左那得憐花不受瘥

余與熙父居三年乃時其病愈出余稿而觀焉熙父旣評論歸余又四五旬日乃聞之尊四兄先生以爲熙父讀子稿而有詩但揜不出耳於是又四五日乃得其所爲七言古詩卓乎雅人君子之言恨相見之晚卽夕爲詩以酬

文章出世有刳刻朋友交懽有時日三更討得君詩來誦至東方大星出豈有纖雲翳肺肝眞於至瀇得香苾此事方今尤寡

才此文目下誰能匹賤子平生愛石交行盡湖江理或偏一自翺翔君子堂羽毛不復憐孤叟欲厠君家兄弟間欲置君身韓李班苦無妙藥脱君體三年與衆貌容顔此語丹誠子所諒那得藏技教余頑即今日月得瀟灑閉子精路長無患且可温存鼻端白更與融成懷内丹病餘已覺長生易性命雙修事豈難我亦初賡履霜操碧雲黄葉無心彈不如子身淨無累抗手古人長樂驪記取天行雲卧處卻與吾兒創大還

冀州宅中再爲姚錫九姻丈置酒次韻奉留

人間啞手得奇窮鐵杵銷磨句未工蔓塢子孫猶壯佼桐城父老見豐隆蒸雲釀雨嘉賓合江路爲家好事通情話可知詩更美弗愁連酌酒樽空

姬傳論鑒賞崔嵬舊亦茫茫接此來恰好尼與論輩數新從王謝乙門才懸詩石袂知誰見稱體荷衣孰爲裁磊磊皆晨無限慕娱君豈惜壽千杯

晚涼置酒坐諸君堂下即席賦詩

使君爲月我爲星卻爲諸君放晚晴祇可談天説瀛海不須想帝夢瑶京眼前瓜果新離土腳下蓬蒿半擁城問客爾從繁會至箏琶何似席間清

寄答余小軒兼示劉幼丹蔡燕生及錢仲仙四首

前年岐路涙横江今日同吁北斗傍我病未能跨州去君愁何惜出都望雖無彩翮投鸚鵡卻有丹心待鳳皇日暮登高念兄弟寒沙漠漠不堪量

道人合垢襲朱裳石袂懸詩曰老蒼齒過顏回還鹿健生逢李
耳實龍驤三餐綺食無歸思一夕驚魂在汝旁手把佳人牽瑤
草萬山明月見衣光

燕生矯矯入雲翔澤瘠山臞意未忘何意買生今不樂焉知李
白後無狂朱公上策還從計蔡澤高吟或笑唐桃李不言春寂
寞祗今何處問劉郎

江海浮浮閱五霜仲仙一激感人腸人生墜落寧由已即事低
徊已可傷眼底蜉蝣聊自玩天邊龍虎定誰疆哀哉瑣屑饑南
盜咄咄空函不可將（案此四詩活字本失載吳北江晚清四十家詩鈔從李剛已日記中鈔得今爲補入）

次韻美熙父

佳人病去繡腸鳴骨底清詞宛轉生調我未妨比村子駭人今

欲結層城能於屬字橫虛彩更以懷賢動至誠莫笑宛邱無學
舍先生別駕舊齊名

夜遭快雨口占誌景雨止而休即呈熙父

天水淋漓家欣於一室窺樹形搖電際牆角見雲垂壞檻奔流
入疏櫺細火危農情憂正苦元氣蠢能知爽切舒毛髮甘醲入
肺脾吾歸當用楫君任亦無饑

六月十五日酷熱傍晚得雨乃解因與摯父先生姚錫九
張采南乘興登西城樓玩月而姚丈張君並吹笛余乃
即景爲詩得二十一韻

屋小廊檐低無由解煩暑闢門若在甕開門若游釜青蠅方乘
人好朋不得語傍夜橫風來飄沙雜微雨汗體始一乾攜尊向

堂廡酒面生清光圓月正窺樹灑然各已醺登城覽州宇賓客異縣來驚看美完堵磚明若無塵高柳近可撫互道如修蛇依堞不能數頹然各坐苔空闊猶在俯疇以雙笛來童奴識佳趣二子臨風吹取意弗在努御有眠酣人矯首起驚顧啞啞林間烏離巢一飛舞茫然市肆間微吟在何處此境清人心我曹弗多遇翻令賈牧兒宵旦習爲故頗笑儒人辭江山解心晤聖意不在書風光又能覩紛冤誠自憐齷齪還歸去

余之南歸本遲遲而冀州嘉客甚衆益與之早夜爲詩酒之驩客有李和度者故人李佛笙之子也發其先君遺稿讀之則金陵訓余之作在焉愴念昔游感懷近事追和此篇

日赤河水乾茫茫予何往暫依君子前猶在青雲上獨好宜孤憐凡衆豈能強哀哉李生詩悲哭淪草莽公子負笈來定稿手自創平生與鳳麟入世故無兩毛羽太炫人摧落罥塵網遂欲爲莊周徹悟人天障烏知乜與君先後盡黃壤恩怨且弗論空名又愁謗頗聞君子心遠結長林想無田那得歸名山待饑賞嗟嗟行路恩信誓亦可爽模餬弓影來發切機聲響紛冤三歎人何由即舒放歷境如浮烟文章入老蒼一物皇天慈千年得自壯逝者無由譚傷哉惜疇曩

倒押前韻訓熙父見贈兼題其伯兄少泉明經遺文之後

惻惻五日間傷今復愁曩怨極斯文通爭鳴又何壯夫子無問然從容入老蒼獄獄麒麟兒從之欲奔放君於老穉間治洽作

清響橫紆景可迷適折勢能爽詩宜爲韓徒文應得歐賞人生稟異材各有登龍想何哉章甫流橫肩造飛謗君文悼長公哀惻動泉壤遺構能幾何雄鑄理無障惜哉金玉昆不入珊瑚網當時楊子雲獨與侯芭兩今之皖楚交山川對奇創室有千秋人何愁隳烟莽此事惟天多能者無須强黄廬結青霞平夷待君上不見悠悠人朱門自來往熙父嘗告余有薄其兄於廉卿先生者以爲大恨其所爲佛笙哀詞尤悼逝其兄之志行云

稍與宋南和度論文章生造之法再疊前韻奉詒

黄雀無人覊控地不能往鴿在家人庭一縱摩天上物性有崇卑懷風豈能强蟬高猶借枝凡蟲互棲莽獨笑惟蝍蛆容身必自創蠶死囫圇中愚智曷能兩遂令古聖人效法網公網哀今

識字流舉目皆塵障焉知上古前高下盡裸壤物慧傳至今人聰壞譽謗吁嗟吾子才天挺秀孤想江流汎雨萍巧合一相賞李生繼踵來眉宇復英爽徘徊始一鳴哲父有遺響此事天難量欲放徑須放安能徇二蟲郊遊郎莽蒼嗟余蟣蠓如浮天亦奚壯色色欲告人此說聞諸曩

宋南爲詩專贈我新奇無窮傾倒益甚再倒前韻奉詶以其愛好也亦稍爲戲語調之

我與斯文交寥寥孰今曩無端忽見君魂夢猶自壯平生在江沱神孤意淒蒼拓海方寸間翁鬱不能放豈無山中人因風託遠響解佩一要之佳期什九爽旨哉荒州庭每飯有奇賞君詩後絕倫光怪非吾想以此橫山東那弗招人謗謬以小國稱來

侵大國壞丈夫何娟娟面好復有障看君善躍鱗今落任公網踰來亮則無邪出尹何兩君知桐城否所學一身創我來三載餘眼中失烟莽久任方自然聰明祇能强應須白髮生始附青雲上堅留願學心勿與身俱往

松坡不肯爲詩强拉有作即依其所用韻訓之

請君自娛樂反復不願强今吾豈妄哉詩出萬人賞聾俗無須嗚啞鐘豈能響古來姬孔徒撫絃得自壯世季单文興說高病殊曩相傳五鳳笙淒絕喑深莽事久成優俳眞爲反叢謗紛紛餘唾問應得一聲放嗚呼子有才翩然脫茲壞緣江兩釣入前後入其網方從雲水來妙覽必無障文德艮苦辛言言待君創遺逢韓柳雙再得郊翺兩安知曳尾餘不挽狂瀾上秋來別恨侵舊約蓮池爽微酬正易消回風鬱淒蒼嗟吾代子謀亦是勤名想蛇成足又奇持此將安往松坡葢先爲摯父先生弟子而後受法於吾師者也

已發冀州苦雨不休夜泊荒野中再與宋南疊韻

世事眞無聊昨日亦已往鬱鬱青槐廳忽任遥烟上爾我更幾時殘歌祇宜强船怯雨即回蓬低入深莽蟲語皆商聲涼秋孰先創問我何所爲三年過此兩高戾冥冥天卑飛掠隄網梟鸞倘必分人世盡無障哀哀雁始征飢落田夫謗勸爾早歸來南方無息壞南方吾有親長年豈不想不有萬金愛不易千金賞春船帶薄冰此約應無爽縱復調新琴不能易韶響夫子絕可哀一夏將吾放玩之春華問挐之遊莽蒼身如黃葉輕分與松筠壯悠哉吾道難行矣休懷龔

舟中酷熱竟夜爲蚊所苦不得睡天曉聞舵者語云殺蟲至矣一百日凍河矣余驚悟斯言而歎其智煩熱頓解起而用韻賦之

嗚呼小人智超絶無今曩分明水似湯已覺冰稜上吾知百日期一日不能爽豈有他術哉知來必察往周之三聖人靜覽百無障機來錯以文顛倒自娛賞莊生再弄之迷亂不相放自此仙夫稀昏人簇迷網罥合造化兒回互乾坤莽生滅了可云歌哭遞爭壤九人不得倖瞻一猶思強疇對朱華前遊心入秋蒼自古農知天知小亦非壯紛紛雜候家非不應如響誰能通化源瞭然有深想但得知幾徒嗟我又何謗我亦無特操愧對景罔兩驚聞汗卻回砭深骨已創

航海遭大風苦吟杜詩仍倒前韻

前度遭風波此度勝前曩悲來其如何歌詩吾猶壯門實不可扃微見海天蒼惜乎船簸搖寸步不能放怵惕無一人怪駭震千響風雨纏兩輪飆馳固難爽吾將杜少陵努力繼深賞顛危所傾側幽怪豁通想軒然揚已才空絶無誰謗吾將寸草身飄飛出土壤安得復陷汙艱難用行障翻身獨棹舟隻手親提網驅鼇來撻之三山墮其兩雷霆不敢下龍鼉知所創此海丞澄清吾詩不墮莽嗚呼李杜人精靈何倔強滄溟萬古寂爲我沿波上舟船沓不飛載我將何往

顧純溪爲李草堂先生畫蘭歎其不好而更置焉余觀之亦不覺其醜爲題詩歸草堂因寄所懷

八月西風毷氉人不堪顔面對吾眞當時老輩能知我眼底清才亦絕倫碧草尚能爲畫汁芳蘭祗合媚吟身人生涉筆寧須泚等是千秋紙上塵

范伯子詩集卷第四

范伯子詩集卷第五

通州范當世无錯

光緒十四年戊子十月就婚安福至十五年己丑六月還家作

屛風山下作

倦過名山不用探看山無句分應慚平江水落歸何處廣漠風來冷不堪竹屋浮沙成小市漁舟壓雪擁深潭湖山與我同蕭瑟豈有潛龍睡得酣

南康城下作

雪裏乘舟出江渚維舟忽被南風阻日日登高望北風北風夜至狂無主似挾全湖撲我舟更吹山石當空舞微命區區在布衾浮漂覆壓皆由汝連宵達晝無人聲臥中已失南康城眯眼驚窺斷纜處惟餘廢塔猶崢嶸老僕顛隮強爲飯慰我風微得遠行嗟爾何曾當大險一風十日天無情吾有光明十捆燭甕有殘醪鉢有肉新硯能容一斗墨兔毫蠻紙堆盈簏爲吾徧塞窗中明早晚澄清煮糜粥吾欲偷閒疾著書誰能更待山中屋

守風至六七日之久夜不復成寐百慮交至起眺書懷

宵來覺夢更相因數數肝腸變苦辛旅病江湖抛弱弟歲寒門戶累衰親朝昏兀兀成何事生死茫茫只負人欲把愁心散空闊闤闠門稠疊雪花新

南昌城下作

巖巖百城宰女僮而婦悾黑頭擁繮寄十考未成翁湖去老漁

悲湖至多牛窮窮悲亦弗爾山水今疲癃宛哉百城底何自著
姚宗

雜感二十八首盧陵道中作時點臨川詩至第八卷即用

其每詩之題句以窮吾興端

兩馬齒俱壯一馬心先摧一馬興猶怒卻向風塵來悠悠各羣
逝[illegible]馬毋相猜吾見九州道道上飛黃埃戰戰道中馬揚鞭坐
輿[illegible]挪道旁馬牧豎羣相唉心摧固當爾怒亦胡為哉

春從沙磧氏氾濫神州中一風萬竅足一雨千林紅陂陁織紈
綺雀鳥為奎鋪吾觀上下際託物無纖洪乘時借春力一一收
奇功人為萬物主名大實不崇牢為自生活不與造化通冥情
對生理拚耳道春風誰能撫其體琢冶施天工古來聖人智智

必師凡鹻聞譽徧天下吾方自責躬

晨興望南山山陰雪猶縞道左逢砂山黃黃無寸草晚泊羣山
間蒼然氣迴抱茲皆非吾山何必問醜好吾山天南東左海所
淵浩一去新綠軒悠悠十年老

結屋山澗曲山僧與我親優游弄文史願我歸來頻多財實累
汝惱殺當時人懷哉善自保使我有歸身

朝日一暴背百體從之馴還於屋底坐手足仍凍皴茫茫千里
道積雪埋枯艓船風四面至嗣火嗟無薪發書檢敗簏拂拭燕
中塵一讀凝哀解方知此物仁

黃菊有至性天桃有至情綿綿各自活藹藹為天榮野人實枯
稿以歸泉明為知五柳下夢與桃花榮一讀閒情賦哀來不

日平

少狂喜文章兒戲戲藏諸笥開閉日數十惟有婦知耳焉知後婦
來壯大仍如此既無經國意亦乏牛毛理論古多弗譬規時又
不綺那弗偷欲休而積寸有咫懷之勿笑人沾之婦亦恥
三戰敗不羞九敗益以笑久於其事中表裏洞如照又知博戲
理洞見得失竅羣人之所爭機數從而妙得者常得之失者驟
難剽操持予奪人喜惡在一眺當時各有繇彼亦孰肯僄終於
授受間大小必同調凡吾所以窮機凝內弗肖

少年見青春窮力追侈驪中年見青春獨爲故人歎誰念故驪
易誰畏新驪難新驪若大道駿馬被雕鞍操之愼無蹎萬里亦
能殫故驪似蠶嶺曲折千回盤異時所經歷往往摧心肝嗚呼
諒今昔孰知余所安

白日不照物明月空爾爲茫茫野草綠卻受月華滋而況衡門
下幽人方解頤陰霾奪皓魄長夜何由熙冥陵萬燈火慘用枯
燐爲乘天以爲樂昔者余所悲昏昏余不顧驀澗遂從之
筆端無華滋吾能聽其槁微命向吾飄晨饑夕而埽吾有白石
池春秋畜文藻欣於一盼間此疾亦難療世有誰何歟視我一
如草

一日不再飯吾知未必能一生不貳辭昔者余所承翻翻日月
轉事有纍千層凝之或爲石徹之或爲冰冰消質猶在石毁不
復凝檢點平生語能無作後懲

秋枝如幾人分當應候捐人衰未即死作德何限焉老友二三

浙西徐氏校刻

子當時豈不賢澹然解世務舊爾爲鑽研文之得失具應須過
百篇十篇以往者稱譽固其然惜哉譽而止負此心拳拳
靑靑西門槐鬱鬱東門柳掩眼不忍過哀哉孰吾友吾意何足
宣吾行多慙負鄉閭美少年西笑背居孀一聽傳臚聲終身謂
天右焉知馬君死隔日露其肘焉知張當塗死去無人守肝悽
弗可言改行將毋醜惟當抱詩書窮觀養餘壽
天下不用車我能泛江海天下不用舟我能上崔嵬舟車列我
前我適將安在悠悠萬事理快足轉而殆明者非能逃澄心百
可待捐金三十萬吾較李生倍守錢吾不能吾固弗可悔艞艞
翰林集落拓天寶載入觀賤如泥自値一千琲
山田久欲坼水縣遭滂沱我行徧燕趙復向天南過蕭條問耕

者太息饑荒多耕田尚如此不耕將奈何我有十畝地介在城
東阿先人所歸憩宰樹高嵯峨大父斲後隴故妻埋前坡割贈
張生者又前臨大河鑿池繞墳址河入爲淸波魚秧四五石藕
大生高荷茲方但可樂不復能栽禾
聖賢何常施要在心胸大合今生邱軻小小亦如我少陵憂憤
辭見者歎婀娜他人輒效顰不覺眇且跛太白佞丹砂子瞻說
因果兩皆有至味互易且不可空空範雅言敗絮金銀裹人於
萬族間一族自爲妥歌斯哭亦斯吾不笑其瑣乃至十百千附
著益以夥歌斯哭亦斯吾不嫌其過嗚呼此亦雖畢代爲私課
散髮一扁舟飽讀相如傳亮哉漢代師斯人尤可戀堂堂六經
旨語貌壹已變妙設不可機待彼帝自轉耿此剛直腸而帝特

驩忭運君十年死漢豈有封禪將令漢不文君亦無由見
道人北山來哀吟望鄉國言過太行顛虎豹擾其德三年遂止
留豹處而虎食道人持正法不信有鬼蜮有亦不能克一日爲
所賊道人作而起虎豹無顏色嗟茲獸即馴異類究同域虎蜮
更相使吼怒那能測君今幸而歸吾恩歸不得

今日非昨日昨即萬古前來日非今日來即無窮年來日吾寧
在昨日何存爲道人通大化惟此乃悁悁日日有俛仰諦觀而
後還可知山日永爲怪山花妍

秋日不可見冬日何淒涼涼熱氣所使日者徒有光乃知地道
大感時爲行藏卷懷一自燒萬物皆皇皇安得長春節生民感
豔陽

騏驥在霜野哀鳴不可聞生平已弗道那更饑如焚中途謁鴻
雁忍恥將爲羣飄飛故能得體大徒紛紛一覽窮荒耳安能畏
足戢

悲哉孔子沒俊類將何歸猖狂故無倖篤笵緣何識宋後一千
載雄書慘不煇晚俗益以駭爭能排顯禽吾雖含玄甚不喜聞
若辭悠悠反覆理到此焉可知微末於何託相如是我師

秋庭午吏散譪譪冀州時翺籍相炫燿還雄相諾唯伋軻相責
雜聲軾相阿私纍時屈莊氏並代無聞辭相如還其使作傳因
相知甫白長相憶宗元使愈悲在宋更相阨何曾吝友師茲驩
亦已泰吾意固當離

秋日在梧桐伯仲語爲別悽悽復惻惻中夜不能決我有金丹

方告以鍊藥訣茲方偏可療不療腸中血齊來江漢間彌望隔風雪問言汝病同糜粥已可啜冥情遂信之西舵復東折人生壯大年骨肉眞懸綴安能苦念君不自愁肝裂

我欲往滄海言之吾母驚吾父笑謂母應謂斯兒誠哀哉弗可試且笑烏能傾老年重骨肉頓覺饑寒輕自笑自饑餒百口還須營老人食幾何愷悌流州城闔門閉遊子曾無金在鐵城門五更啟城上烏宵征茫茫眺遠野不見故畦橫歸飛不得哺繞樹寂無聲

前日石上松佳哉氣何旺五年未見君喜不受人創吾有同根生兩株復已壯一株移就君一氣若吾鸎燕中好木稀南國瑰材廣盤紆幾萬峰柯葉互相讓誰當異姓交惟此不能忘

日出堂上飲日午賓客加日斜辭半客有賦爭同車明鐙萬錢費更醉顏如花當時吾御喜但覺宵無涯促促板船底嚴寒戰齒牙身爲浪拋擲走臥但如蛇以是最文字窮幽極八遐能過一千日不復慙其家寄語同懷子眞當爲此嗟是時與蔡燕生別未久詩成即寄之故末二首以彼結也

曉發廬陵漫成

郡國江湖底城池山石邊人烟爭逐市風景欲除年歲比三行役今來四易船撫時眞惕若爲客轉蕭然旅夢宵無定詩心日有遷鏟除生儒習椎擊釁豪篇饜筍思能銳負茶味故圓遊詞參雪意落句慕霜天坐挹他山妙淵懷吾道賢澄清見灘水迢遞隔墟烟善化明朝覽佳期後日懸生慙樗散質臨寵益悁悁

入灘河易舟聞舟人言往月安福使人迎探狀悤恐彌甚
心神益焦輒復爲詩十九韻

順康元老家乾嘉大儒系道咸名公孫同光詩人子藹藹敦詩
踐持以配當世當時卻不言咄哉吳刺史持我烟霧中德我亦
已詭令今尚在途吾獨望公耳金陵逢諸昆玉樹得相倚依依
訂後期期在月建子豈知歲寒累隔月不能指紛如敗葉多掃
去復塡委江流入大湖湖窮見灘水一月四易舟偃蹇莫能駛
已聞安福君迎探日有使人生重然諾大諾矧可爾感此胥寐
淹對燭彌悲已韓公詩萬篇翱也數十紙培塿附泰山不爾將
安情伐肝取新作急索勿令徙持爲到門獻薄咎庶能理

成婚有日內子爲詩三十韻以道其相與爲善之意與其
迫欲侍舅姑之忱余亦作三十韻答之

吾昔山中年恐懼畏人識一詩落人間遂爲吳公得苦作珍奇
收過求美珠匹輾轉歸丈人逃藏更無術丈人氣淵淵諸郎勢
英特或戰或養之吾意固低抑誰令吾子來咄咄更相逼房有
刀劍光入我常懍慄雖然憚爾才豈不戀爾德惜此蘭蕙芳不
得在親側吾親天下慈作婦百無値身御必蕭條好婦美衣食
獨恥家庭間一體晝數域釁人非有奇覽此將身克遂得親堂
驩死去立爲則吾寧誓獨深滋恐後來忒苟合豈不危吾忍將
鄉失丈夫貞則凶物理靜而吉極冬放春回冥靈始能茁驩言
告吾親不復悤其筆子有懷歸忱能使我心惻兩盡無公私在
心愛日吾親日中昃子日在西北不得事尊章宜盡祖孫職

古人君父間隨分益無歷子有翺翔詩（案排印本作時今從吳鈔）我無奮飛翼明星爛在天鳧雁不可弋與子今偕潛靜言撫琴瑟琴瑟鳴愔愔寒水流汩汩服芬亦爲君與子花間逸

安福試院登閣和外舅

高閣出羣間深杯一撫欄風烟環作態冰雪對爲寒時鳥他鄉見初花倦眼看不能望江海空自說長安

試院枯柏

大隱十萬柳繁葉媚春禽獨爾偎寒色因之見苦心危巢知有路柔樹豈無音蟻子當年窟嗟爲暮雨沈

和外舅晚字韻有懷摯父先生

南來[illegible]盡晚[illegible]寒卻對倉風靜掩關羅帳已懸千載月紙窗更受一城山丈人蕭瑟餘淸興賤子飄流得暫閒日飲無何能忘遠茫茫燕趙碧雲間

就試院觴外舅生日即席獻詩再次前韻

試院沈沈鎖薄寒傳呼進酒釋重關難爲大海驅羣水獨與諸峰拱一山仕宦平生謀食苦文章老境用才閒再從循吏歸文苑萬歲千秋父祖間（石甫先生先入國史循吏傳後乃改歸文苑）

與仲實論詩境三次前韻

詩家王氣必深寒秘鑰誰能拔數關龍虎相遭風過水鸞皇自舞雪盈山眼光料得千年在心事無由百道閒與子婆娑見眞意公然一蹴杜歐閒

送叔節北上五首

不嫌君去早獨恨我來遲急景將年換深談及路歧海寒冰未徹江冰雪方滋苦語思家會應增念我辭

宵來一尺雪慷慨泥君行便復臻吾約焉能送此情長吟教事懶薄醉使眠驚疊此艱難意啼呼夢弟兄

放手吾何吝常爲隔歲歎知言眞不易即事況多難重以文章好眞當骨肉看北方無此酒往矣不勝寒

一卷天人作風塵倦眼開坐於霜月下祇待鳳鸞來山木知能壽陂蘭又可胎低徊正無盡車馬漫相催

好事尋人羨當車未敢悽惟應九重下一使萬夫低黃菊循歸路青山覓峻梯能眠知有屋還及爾同棲

同外舅登樓

山川文藻伎公來五斗生涯亦費才挂席未能滄海去拂衣同看好樓開講鷹調熟爭紅粒鞍馬消閒踐綠苔眼底春情何偃蹇平生蹤蹟未須哀

與蘊素聯吟樂甚因而感懷前室誦其遺詩忽復與之流涕蘊素用前韻余復次之

牆外羣山擁髻來牆隅花蕚接莓苔鳥啼淸脆蜂聲煖龍井香甜蟻甕開好事只今疑過分悲歌對子不能才一篇殘稿嗟何吝十七年閒事可哀

驟煖出眺還復同外舅登閣次韻一篇

南方天氣多炎蒸驚蟄幾日薰風生春乘夏氣一何銳昨日枯柳今朝榮竟把紗羅易裘服灑然出眺心神淸此邦山色亦佳

絕往往峭拔無低平城根滅沒不可見微見粉堞當疏林有亭翼然欲飛去陡絕不知誰所營丈人官此亦良得但視老母娛千齡南楚北燕吾涉過茫茫獨嘯誰同聲三十已防浮譽起四十欲將高隱成隱卒不成譽亦少每年還爲饑驅行無官弗求有弗棄從人覓食徒荆榛冀州食我亦云泰一旦自休仍割情天津橋上春如海仙李枝頭溜好鶯怪底白鷗性殊絕不能浩蕩姑銜冰爰居卻有避風智精衞難將滄海更瓠子名爲封禪瑞柏梁又主鉤陳兵天心茫昧豈能測三公彌亮知權衡嗟我與公但相照宵來璧月如華鐙肥酒大肉豈足惜名子快壻齊稱觥

即事三絕句寄仲林江夏叔節京師

時暖時寒不易居養生經緯況多疏山妻爲我調羹熟更與神仙卻病書

鳳啄山頭數縷烟移時變作雨雲天輕雷出土知非遠剛在東風楊柳邊

莫雨絲絲更柳絲思家望遠總相思楚山密邇燕山遠輕煖輕寒各一時

諸君戲爲唐字韻詩凡三疊余亦效之

美人冰雪共詩腸日對名山喜欲狂不解朝雲無限好空將大體賦高唐

一家兄弟錦爲腸更有陳遵入座狂不信人觀賤如土朝來珉玉已旁唐

老人心計儘回腸我道洪厓莫厭狂不見萬株琪樹裏鳳皇巢
閣醴流書

外舅朝出門索余半嘗已又愁增冷而送還之並示以詩

郎呈和作

冉冉春陰在朝光欲霽雛嫩鸞資巢大乳燕護巢寒舊國龍眠
老空山鳳啄殘但憑兒女意高枕一求安

外舅勸當世與諸子爲時文每五日一會則具佳饌相勞

又作詩一篇以歎唱而欣動之當世敬述愚意爲和章

春明碧天好奇禽弄光輝誰能撫其羽迎問秋所歸翩翩女牀
子性命何輕微微生亦何限莫作蜉蝣衣沈沈碧海底吾欲圖
南飛培風蓋有力遇化亦有機藹藹前山暮春分月滿扉啼將

鳳鸞血膠戀鳴相依我歌丈人聽終古不相違

仲實相拉出游病嬾不行作詩自謝兼和外舅遮莫敲門

悄大憨之作

樓閣飛空山帶郭安成風景是江南一旬陰雨將春老三月濃
花對影憨寂寂書城還自擁茫茫烟海問誰探平生積嬾成高
蹈那得清遊更不諳

戲答緼素見慰詩次其韻

鴟夷腹大枉如壺藏水盈懷滴酒無久病焉知藥良否懷人經
見草榮枯春蠶漠漠初爲繭宵露瀼瀼漸有珠早晚庭堂與歌
笑平生志事未全輸

奉和外舅積雨感事詩

興會乘風雨哀吟撼筆端老懷憂國切生計入詩寬薄宦一家在炎方五月寒酒餘仍健飯惆悵問齋盤嗟我猶浮蓄誰能但感時坐看桑葉盡徒爲繭絲悲翠袖陵寒薄紅妝照夜疲悠悠山縣在何處覓長離

端午即席和外舅 斯時吾已自覺病甚不可支諸作皆强爲之故末句云然

策馬屢過張耳墓乘舟三溯禹王祠平生偃蹇詩無草十載飄飛命若絲慘綠今來承壻寵雄黄故事與兒嬉我無官秩煩天校但祝神明弗早衰

外舅屬馮君小白畫東坡十六快事而命當世爲之詞鳴呼境亦多端語非過分自古以爲難得至今懸於畫圖丈人則蕭瑟一官賤子亦飄零萬里新綠軒之風雨便

我淒涼挂車山之日月從公想像流連見志拉雜寫懷行李怱怱即以訴别

晨興半炷名香

春夢爲烟繞碧山曉鐘如雨擊空寒此時清絕焚香坐滴盡花稍露始乾

午倦一方籐枕

啼鳥悠悠還自去清風習習不爲譁勞塵車馬知何事一枕南柯日已斜

飛來佳禽自語

人語嘈嘈不可聽紙泥冰炭總無情不知何者爲天籟乍遇空山一鳥鳴

乞得名花盛開

手發千葩固自妍從人攀折亦欣然君看萬樹籠頭雪始覺孤芳絕可憐

接客不著衣冠

黃雞白日成何事墨綬青袍祗可慙今日病軀纔一放縱無佳客已同甘

客至汲泉煮茗

山居習懶更無文但語兒童見客勤客爲主人消積渴主人留客至斜曛

花塢樽前微笑

材力眞能敵萬夫眼中仙佛亦區區莊生化蝶今無語直任東

風勸此壺吾斯時已病失音

柳陰隄畔閒行

山水空靈草木香郎官湖上聖湖旁當時畫裏垂楊柳多少離人枉斷腸

雨後登樓看山

樓閣沈沈水氣寒雨餘空翠欲平欄故人滿地波濤怨一髮江南屋裏看

暑際臨流濯足

通守當年避暑忙畫船簫鼓水如湯可知事事爲官累官去身輕水自涼

月下東鄰吹笛

好事無須一錢買更爭千萬買鄰錢君看宿鳥離巢舞官自飄飄意欲仙

隔溪山寺聞鐘

上方禪悟夜鏗鐘越石穿林似不同更度溪流帶清淑教人浮世萬緣空

清溪淺水徐舟

藹藹溪雲濾若仙循溪水鳥不飛烟定須閱盡風波後回望江湖始可憐

涼雨竹窗夜話

魂夢音書盡渺茫眼前餘味要深嘗可知昨夜傷心雨明日相思仍斷腸

開甕忽逢陶謝

天遣詩人會一樽無端清興欲飛翻可憐北海賓羅坐尚有心情到虎賁

撫琴聽者知音

已分窮山自晦藏暫時款洽不能忘碧雲黃葉尋常語愁絕當時范履霜

贈別陳蒲仙嘉穀次其韻

肝脾數數病支離慚愧風前黑鬢絲聽子良言當去累未能遽別且爲詩恩恩入室年將半快快當門路卽岐南望湖湘東去海灘頭明日起相思

江湖行盡覺才難撫我哀絃爲子彈一世祇須平淡過百年莫

[illegible]笑閒看眼前詩酒人情厚天下風波客路寒任使袖中名刺滅莫教我語字先漫

贈別閑伯

大兄詩味好王孟恰相宜行矣强加飯傷哉不遇時艱難爲舉葉浩蕩闊前期爲得南山僻遊思極八陲來兹半年久合作一家清兒女皆依我弟兄交勸觥日長悲歲短雲卧參天行舟過廬山下多應愴晚晴

范伯子詩集卷第五